KB093344

세모 네모 청설모

민 구

세모 네모 청설모

민 구

PIN

049

차례

PIN

049

세모 네모 청설모

민 구

시

한 사람

사람들과
원탁에 둘러앉아

함께 고개를 끄덕이고
웃고 떠들고 있지만

그들이 내게 무슨 말을 하는지
어떤 사건에 열광하는지
관심이 없다

밤이 깊어 사람들 모두
집으로 돌아가고
벌레 우는 소리 잠잠해지면
나는 접시를 치운다

꿈이 지나간 바닥을 깨끗이 훔친다

고장 난 라디오에서
음악이 흘러나오고

그가 먹을 빵과 물 한 잔
우리만 알고 있는
사소한 이야기

한 사람이 잠에서 깨기만을
기다리고 있다

행복

행복하니까 할 이야기가 없다
밥을 굶어도 좋다

오늘 뭐 먹었어?
뭐 하고 있어?

네가 물으면 떠오르는 게 없는데
이런 걸 뭐라고 해야 할지 모르겠지만
기분이 좋다

꿈에서 은사님을 만났다
행복이 무엇이냐고 물었을 때
그는 내 따귀를 때렸다

(거기서 행복하시냐는 말로 들은 걸까)

살아 계실 때 선생님이 그랬다
시인은 불행하다고
그림자가 없다고

꿈에서 맞은 매는 아직 얼얼한데
사랑이나 마음 같은 단어들은
강화도 펜션에서 보이는 나라처럼 멀고

나는 불판의 연기가
그쪽으로 날아가는 게 미안해서
평소보다 허겁지겁 고기를 먹으며

북쪽의 조그만 마을을
안개가 가려주면 좋겠다고 생각했다

끝났다
내려놓을 말이 없다

밀고 나가서 쓸 것인가
그만둘 것인가

불행은 내게 다시 한번 생각해보라며
너는 과거에도 그랬다고
타이르는데

행복해서

남의 말이
하나도 귀에 들어오지 않는다

멍

밥 먹고
나른한 오후

방바닥에 앉아서
멍 때리다가

집주인과 함께
산책을 나섭니다

이것은 길멍일까요
멍멍일까요

이리 오라 하면 저리 가고
멀리 가자 하면 집에 가고
넌 나보다 말을 안 듣네

이럴 때 누군가는 신문지를 크게 말아
콧잔등을 때리라고 말했지만

그건 멍멍이를 위한 걸까요
신문지를 위한 걸까요

걸어가자 길멍
겨울에는 눈멍
바다에서 물멍
강 건너면 불멍

당신을 기다리는 나

오늘도 흐리멍

걷기 예찬

나는 걷는 걸 좋아한다
걸을수록 나 자신과
멀어지기 때문이다

체중 조절, 심장 기능 강화
사색, 스트레스 해소 등등
여러 가지 이유가 있겠지만
걷기란 갖다 버리는 것에 지나지 않는다

어제는 만 오천 보 정도 이동해서
한강공원에 나를 유기했다

누군가 목격하기 전에
팔다리를 잘라서 땅에 묻고
나머지는 돌에 매달아 강물에 던졌다

머리는 퐁당 소리를 내며 가라앉았지만
집에 돌아오면 다시 붙어 있었고
나는 잔소리에 시달려서 한숨도 못 잤다

걷기란 나를 한 발짝씩
떠밀고 들어가서 죽이는 것이다

여럿이 함께 걸을 때도 있었다

나와 함께 걷던 사람들은 모두
자신과 더 가까워지리란 믿음이 있거나
새로운 세계를 경험한다는 점에서 걷기를 예찬
했다

그런 날에는 밤 산책을 나가서
더 멀리 더 오래 혼자 걸었다

일요일

일요일인데
월요일이 온 것 같군요

일요일인데
일을 멈추지 못하겠다

빨간 날인데
누가 내 자리에 앉아 있나요

쉴 새 없이 진동 벨이 울리고
회사에 전화를 걸면 내가 받겠지

주말에 수고한다고
비타 오백을 꺼내 마시라고
나는 나와 통화를 하며

무슨 말을 꺼내야 할지 망설이겠지

겨우 전화를 끊었는데
헤어진 사람에게 연락이 온다

다시 만나자고
천천히 생각해보라고
실수를 만회할 기회를 주겠다고

나는 가만히 누워 있는데
잘못하는 사람은 대체 누구인가

오늘은 일요일
일을 하지 않았는데

등을 두드려주고 싶다

싸우는 꿈

야산에서 구멍 난 철모를 본 뒤로
자주 싸우는 꿈을 꾸었다

나는 여러 번 총을 맞고
고막이 터지고 머리가 날아갔지만
아침이 되어 살아날 때까지
적이 누군지 몰랐다

이렇게 악몽에 시달릴 때면
하늘을 날거나 순간이동을 하면서
꿈을 통제할 때도 있었는데
그저 도망가기에 바빴다

죽고자 하면 죽었고
살고자 해도 모두가 함께 죽었다

밤이 되면 총을 맞았고
팔다리가 날아갔지만
아침이 되면 멀쩡한 얼굴로 돌아왔다

엄마는 군대를 두 번이나 갔냐고
무사히 돌아와서 다행이라고 말했지만
나는 이게 마지막 밤이 될까봐
먼저 전쟁을 일으킬 때도 있었다

죄 없는 사람들의 앞마당을 차지하고
남의 집을 털어 전리품을 획득하고
나보다 한참 어린 병사들을
찔러 죽이는 상상을 하며

끝을 알 수 없는 전쟁에 동원되려고

일찍 잠들기도 했다

공고

마주를 구합니다

그는 길들일 수 없고
작은 일에 짜증을 내며
당신이 상상하는 높이의 울타리를
가볍게 넘어갑니다

그는 기분이 나쁘고
갑자기 튀어나오며
어제 결혼식장을 난장판으로 만들어놨습니다

한 마리가 새벽에 집을 나갔어요

저는 마구간 앞에서
집 잃은 거지 신세로

정신이 나가서 기도하는데요

말고기가 되는 건 아닐까요?

어떤 말은 영리해서 주제를 알고
신문을 읽어줄 만큼 사교적입니다

어떤 말은 줄무늬를 새기는 동안
울지 않고 기다려줍니다

만약 당신이 사랑에 빠졌다면
말은 한없이 다정할 것이고
작별할 생각이라면
서로 비난하겠죠

건강한 신규 마주를 구합니다

제가 준비한 말은 여기까지

지금 전화 주세요

축시 쓰기

결혼을 앞둔 친구가
시를 부탁했다

지금까지 쓴 모든 축시는
내 신부에게만 읽어주고 싶었는데

어떻게 써야 두 사람 마음에 들까
어둡고 쓸쓸한 내용뿐
게으른 시인을 위하여

축시 마감을
한 주만 미룰 순 없겠지?

새로 쓴 걸 보고 있다
새벽에 보니 재난문자 같다

아침을 길어 와도 소용없다
새 출발을 축하하는 자리에선
번번이 실패했던 기억이 떠오르고
입학과 동시에 졸업이 걱정되던
대학 시절이 떠오른다

좋은 기억이 없다
기억이 나쁜 쪽으로 가려고 해서
붙잡고 있는 팔이 아프다

시 쓰기란 무엇인가
축시적 표현은 어떻게 가능한가

면사포를 써야

상냥한 말이 떠오를 것 같다

아무도 모른다

아무 말도 하지 않았는데
너는 웃는다

나조차도 모르는 미래를 먼저 다녀온 걸까
나조차도 알 수 없는 순간을
우연히 경험한 걸까

단지 차가운 손을 건네준 것뿐인데
마음을 녹이는 짧은 편지를 받은 것처럼
너는 웃는다

너는 운다

그저 입을 다물고 싶었을 뿐인데
나도 모르는 단어들과

나도 들어본 적 없는 욕설들과
뒷주머니에서 꺼내본 적 없는 진심이
언제 귀에 들어간 걸까

조금 시간을 돌리고 싶을 뿐인데
내가 모르는 사람들과
내가 알 수 없는 사건들과
전혀 생각한 적 없는 과거들이
언제부터 너를 괴롭힌 걸까

아무 말도 하지 않았는데
당신이 울고 있다

그릇

내 그릇을 본 건 처음이었어

청소하다가 우연히 꺼내본 그릇
너무 작아서 웃음이 나왔다
내 거라는 게 믿기지 않았다

원형이나 사각형은 아니었고
강박 때문에 금이 갔으며
녹슬어서 보여주기 민망했다

크림 컬러의 플레이팅 접시나
바로크 엔틱 찻잔이었더라면
꿈을 크게 가질 수 있었을까

내가 조금 넉넉한 사람이었다면

당신을 붙잡을 수 있었을까

그릇은 종이 접시처럼 볼품없었다
접히고 찢어져서 내 마음을 아프게 했다

주방을 정리하다가 그릇을 내놓았다
이사할 때 가져온 밥공기도 있었고
사용하지 않은 냄비도 있었다

내 것을 함께 놔두었지만
아무도 가져가지 않았다

구겨진 그릇은 주머니에 넣거나
급한 용무를 받아 적을 수 있었다

술 마시고 온 날 세탁기에 돌렸다가

와장창 깨지는 소리에 놀라

잠에서 깰 때도 있었다

우산 도둑

우산을 두고 내렸네
한두 번이 아니다

잃어버린 우산은
비에 젖지 않고
불에 타지도 않을 것이다

시간이 지나도 녹슬지 않고
힘으로 구부릴 수 없으며
몰래 가져갈 수도 기꺼이 빌려 갈 수도 없다

카페에 우산을 두고 왔다고
실망할 필요는 없다
이제 당신 마음대로 해도 좋다

종이배처럼 접었다 펼 수 있고
마음에 드는 색을 입힐 수 있으며
인체공학적으로 개조할 수 있다

일회용 비닐을 씌우지 않아도 되고
쓸지 말지 고민 안 해도 되고
갑자기 뒤집어질 걱정을
할 필요가 없는 것이다

그러나 하나뿐인 소중한 내 우산을
누군가 쓰고 지나가는 걸
두 눈 뜨고 못 보겠다

우산 도둑의 이름을 몰라서
저기요 하고 부르는데

뒤돌아보는 머릿수만큼

아마 당신은 우산을
또 잃어버리겠지

굿모닝

눈을 감았을 때
살아 있는 자들의
무덤을 보았다

엄마 아빠
나를 반기던 개
이미 몇 번의 고비를 넘긴 친구가
말없이 잠들어 있었다

깨우지 않아도 될 만큼
그들은 안식을 찾은 것 같았다

나는 덤덤했지만 한꺼번에
많은 죽음을 받아들일 수 없어서

한 사람씩 예를 갖춰 인사한 다음
어느 무덤 앞에 서게 되었다

내가 죽은 것이다

올 걸 예상했다는 듯이
나는 편안하게 잠들어 있었다

이름을 불러도 눈을 뜨지 않았고
어깨를 흔들어도 숨을 쉴 뿐
일어나지 않았다

나는 외투를 벗어서 주고
잠에서 깬 기념으로

모닝커피를 마셨다

평평지구

지구는 평평하다

피켓을 든 사람들과
비난하는 사람들이
사이좋게 눈을 맞고 있었다

나는 녹색불이 켜지길 기다리며
지구가 어떤 모습일지 상상하다가
건너가도 좋다는 소리를 들었다

그러나 신이여, 저는 불신이 가득한 자
이것은 어디로 건너가라는 계시입니까
그때 신이 말했다

네가 평평하지 않고 공평하다면

세모일 수도 있고

네모일 수도 있고

청설모일 수도 있지

만약 네가 공평하지 않고 공허한 행성이라면

사랑에 목마른 자에게는

시도 때도 없이 떠오르는 물음표이거나

낭떠러지로 향하는 이정표겠지

그래요, 모르겠습니다

지구가 어떻게 생겼는지

가까이에서 보면 못생겼을 것 같아요

천사 옷을 입은 사람들이 나눠준 전단을 받았다

진실을 밝혀라

지구는 평평하다

미안해요 천사
나는 아직도 지구가 둥글다고 생각해

하지만 엄마의 병이 다 나아서
검은 머리가 난다면

그때는 평평지구

혼자

사람들과 함께 있을 때
더 외로웠다

나는 의자 위에 몸을 두고
다리만 빠져나와서
집으로 걸었다

집에 도착한 다리는
깨끗이 발을 닦고
방바닥에 쌓인 먼지를 쓸었다

너저분한 책상을 정리하고
옥상에 빨래를 널었다

양말 한 짝이 바람에 날아갔을 땐 발을 동동 굴

렸지만

라디오에서 신나는 음악이 나오면
이웃에 해가 되지 않도록
가볍게 춤을 추었다

내가 밤늦게 집에 도착했을 때
다리는 심각하게 꼰 채로
차를 마시고 있었다

먼저 자지 그랬어, 나는 다리를 풀어서
뭉친 근육을 주무른 다음
내 몸에 결합한 뒤에

같이 침대에 누웠다

우리 사이

우리 사이에
거리가 있었으면 좋겠어

너와 멀어진다면
조금 섭섭하겠지만

그곳에는 매일 똑같은 시간
한적한 도로 위를 지나는
노인이 하나 강아지가 둘

어색해진 우리의 이름을 불러줄
스쿠터도 한 대 지나가겠지

나는 너의 꿈보다 작고
평범한 길을 가길 원해

그러던 어느 날
일상의 장면들이 무너지고 뒤섞여서
누가 현지인인지 관광객인지 모를
복잡한 거리로 확장되고

처음에는 지갑이나 털던 소매치기가
사람들을 하나씩 훔쳐 간다면

이제 거리에 아무도 없겠지
그때 다시 만난다면

두 사람만 지나갈 수 있는 골목이
우리에게 남아 있었으면 좋겠어

커다란 개가 사는 집 앞을 지날 때

네가 내 뒤로 숨었으면 좋겠다

미래

미래를 봤다는
사람들

씨를 뿌리면 십 년 뒤에 거둔다고
말하는 사람들이 있다

그때 나는 어디에 있을지 모르겠는데
당장 내일 뭘 해야 할지 몰라서
발가락만 꼬물거리는데

가스비 걱정이나 하며
잔고를 확인하고 있는 내게
불바다가 될 거라고 그들이 온다고
확신에 차서 말하는 사람들

여름이 갔구나 생각하면
어디선가 모기들이 날아오고

다음 생에 보기로 한 친구는
문 앞에서 나를 기다리는데

죽으면 시간 개념이 없는 걸까
밖에 내놓은 시계는 누가 가져간 걸까

그런 것이 궁금할 뿐
그런 일이 조금 안타까울 뿐

잠시 눈을 붙인 사이에
나도 모르는 나를
들여다보는 사람들

마리모

마리모가 말했다

슬플 땐 슬픔이 약이라지만
오늘은 맛있는 걸 먹자

식사가 끝나면 네가 잠들 때까지
소소한 이야기를 들려줄 거야

마리모는 작지만 또렷하게
자기의 탄생 배경과 좋아하는 온도
번식 방법과 물갈이 주기에 대해서 설명했다

목소리가 너무 작아서
나는 물속에 잠긴 기분이 들었지만
그가 일 년에 얼마나 성장하는지

홋카이도 호수가 사진과 어떻게 다른지 또한 알
수 있었다

마리모는 말했다
내가 물에 뜨면 소원을 빌어
그는 그것이 마리모 세계에서 내려오는 전설이
라고 했다

나는 너희를 사고파는 사람들 사이에서 통하는
상술이라고 반박하려다가
꼬물꼬물 움직이는 초록 생물이 귀여워서
갑자기 웃음이 나왔다

정말 백 년을 살아?
궁금했지만 묻지 않았다

만약 네가 백 년 동안 살아 있다면
수조를 준비해야겠지

그땐 이 방이 수조 속에 들어가서
모형 풍차처럼 조그만 기포를 만들며
내가 너의 마리모가 되겠지

그게 마음에 들었다

층간 소음

위층에 코끼리가 산다

코끼리는 사막이나 열대 우림에 서식하는데
가족과 서식지를 잃고서 밀렵을 피해
우리 동네로 건너온 모양이다

코끼리는 물과 먹이를 구하러
이틀 동안 잠을 안 자고 이동할 수 있다
그래서 낮에도 걷고 밤에도 걷는 걸까

코끼리와 싸우러 올라간 적이 있었다
문을 두드려도 나오지 않았다

멸종위기종이라도 월세를 감당하려면 일해야 한
다

통신요금도 내고 데이트 비용도 부담하고
조직 활동을 하려면 돈이 필요하겠지

그는 나와 같은 버스를 기다린다
현관문 비밀번호를 잊고 서성인다

코끼리는 코가 손이니까 과자를 주면 코로 받고
화가 났을 땐 아카시아를 뽑아버리며
마음에 드는 상대를 만나면
코로 사랑 고백을 한다고 한다

오늘은 위층이 조용하다
이럴 땐 코끼리 똥이라도 주워야 하는데
나는 드넓은 초원에 혼자 떨어진 운석처럼
쓸쓸하고 공허하다

바다코끼리가 된 걸까

올라가서 따질 말을
하나라도 찾아야 한다

의미 없는 삶

집을 나간 의미는
소식이 없다

나흘이 지나도
전화 한 통 없다

주사위를 돌리면
알 수 없는 숫자들
그것이 의미가 사라진 방향을
알려주진 않는다

나는 산속을 헤맸다
그리고 어떤 깨달음도 없이
집에 돌아와서 잠이 들었다

꿈에서는 짱돌을 주웠다
눈이 시리도록 빛나는 돌
깨고 나니 아무런 뜻이 없었다

기지개를 켜고 앉아서 밥을 먹었지만
두 번 곱씹을 여지가 없었고
오후에는 전파상에 카세트를 맡겼는데
고쳐 쓰는 게 아니라는 대답이 돌아왔다

나는 그 말에 기회가 있다고 생각했다

하지만 한 번 집을 나간 의미는
두 번 다시 돌아오지 않았다
이제 너를 기다리는 건

무의미하구나

관상

취미로 시작한 수조 꾸미기

물고기가 어항을 먹어서 실패

처음에 그는 다른 물고기들을 삼켰다
다음날에는 여과기를 삼키고
자기 세계나 다름없는
어항을 삼켜버렸다

작은방과 큰방이 사라지고
부엌이 증발하는 것도
오래 걸리지 않았다

이대로라면 내가 보고 있는 모든 것과
알지 못하는 도시들까지

한 입 거리에 불과하겠지

나는 흥이 올라서
이제 누구 차례냐고 물었다

살아 있는 사람들과
죽은 지 오래된 사람들이
한 톨의 물고기 밥이 되었다

새로운 어항을 샀다

물고기를 넣어서 사람들이 오가는
명동 거리에 내놓았다

수많은 인파가 그의 눈망울을 헤집으며

유영하는 것을 보고

서둘러 집으로 돌아왔다

포춘 쿠키

과자를 쪼갠 사람들이
자기 운세를 보여주었다

이제 좋은 일이 생길 거라고
좋은 소식을 들을 거라고

나도 과자를 쪼개서
신이 난 사람들에게 보여주었다

그들은 울며
나를 위로하고

그런 일은 일어나지 않을 거야
나는 눈물 흘리는 이를 다독이지만

좋은 운세는
언제나 빗나가고

애써 돈 주고 산 과자는
아무도 먹지 않고

포춘 쿠키 작가에게
그날 밤 무슨 일이 생긴 걸까

과자에서 나온 사람들이
나를 데리러 오고 있다

오래

실연당한 친구와
저녁을 먹는다

걔 지금 뭐 할까

네가 사준 핸드폰으로
애인이랑 넷플릭스 보겠지

어쩌다가 이 모양이냐고
혼자가 정신 건강에 좋다고
나는 마음에 없는 말로
기름을 들이붓지만

너는 뜨겁지 않겠지
내가 어떤 말을 지껄여도

마음속에 있는 그 사람의 말 한마디가
조금씩 살을 태운다

그런데 고기는 왜 한쪽만 탈까

새까맣게 탄 삼겹살을 상추에 싸서
입에 넣어주는 사람들은
얼마나 오래갈까

맛있는 거 먹고 기운 내자고
메뉴판을 열었는데
비싼 소 한 마리

식당 안으로 걸어와서
네 가슴을 밟고 있다

이별한 사람은 소가 아니라
파리만 앉아도 가슴이 저리는데
그냥 사장님께 마늘을 더 달라고 할까

나는 고민하다가
그을린 고기와 양파를 상추에 싸서

자꾸만 싫다고 징그럽다고 하는
너의 입에 쏙 넣어준다

새해

또

결심을 하고
달력을 걸었습니다

새해 복 많이 받아
좋은 일이 생길 거야

좋은 일이 쌓이면
달력에 살이 붙어서
날짜 하나가 툭 떨어지고

너는 그날의 약속을 잊어버리겠지

그날의 불길한 예감을

가볍게 거스르겠지

비어 있는 날짜를 신경 쓰지 마
마음에 드는 숫자를
괄호 안에 넣어

새해 복 많이 받아
이건 좋은 징조야

나는 토끼를 몰아
달력에 걸었다

비수기

넓고 아름다운 해변인데
아무도 보이지 않았다

나는 물이 들어오기 전에
모래로 성을 짓고 길을 냈다
새를 부르고 파도를 일으켜서
사람을 기다리기로 했다

모래로 야영장과 주차장을 세우고
아이들이 좋아하는 과자를 매점에 채우고
화장실과 급수대에서 물이 잘 나오는지
점검하는 것도 잊지 않았다

조수 간만의 차가 심하지 않아서
항상 해수욕을 할 수 있었지만

경사가 완만한 해변에는
아무도 보이지 않았다

누군가 이곳을 통째로 빌린 건 아닐까
눈앞의 발자국을 따라가면
언젠간 만날 수 있을 거야

물이 들어올 땐 접히고
빠지면 다시 펴지는 모래벌판

나는 그리운 사람의 이름을 적고서
여름이 올 때까지 걸었다

투명 인간

망토를 걸치면
들키지 않을 줄 알았는데

신기한 게 나타나면
쳐다보는 사람들이 있다

멀뚱히 서 있기만 해도
누군가는 경고 없이 공포탄을 쏘고

적금을 깨려고 들어간 은행에서
손모가지는 어디로 날아갔을까
보이지 않아서 모르겠네

맨정신으로 동물원에 간 어른들이
호랑이에게 설교하는 걸 봤다

발톱이 망토를 찢고 그들을 할퀴었을 때

나는 팔을 줍는 사람이었지만
아무것도 보지 못했어

투명한 사람에게 죄를 물어야 한다면
그들은 어떤 색의 매를 고를까

누군가 나를 알아보는 것이 두렵다
두렵다는 기분이 더럽다

사람들이 자꾸만 내 손을 놓친다
마음을 들키고 싶어서

망토를 벗는다

간조

당신은 쉽게 사랑에 빠진다

너무 쉽게 마음을 주고
너무 쉽게 나를 가져간다

나는 당신이 무엇을 원하는지 알지 못해서
뒤를 돌아본다

뒤에는 사랑받는 사람이 서 있고
나의 커다란 의심이 서 있고
당신이 타고 온 택시가 서 있다

택시는 시동을 끄고서 기다린다
당신이 다음 사랑에 빠질 때까지
다음 사람과 이 거지 같은 해변으로 돌아올 때까지

기사는 손을 흔들어도 무시한다
요금을 두 배로 받을 것도 아니면서
아는 길을 돌아갈 것도 아니면서

당신이 뒷좌석에 올라야
출발할 수 있다고 말한다

나도 사랑에 빠진다

내 앞에는 떠나버린 사람이 있고
여전히 커다란 의심이 있고
단물이 빠질 때를 알고 기다리는

모범택시가 한 대 서 있다

송림동

십 원에 한 대야

주머니를 뒤져도 나오지 않았다
신발을 벗어도 보이지 않았다

양말을 벗으면 감자가 다섯 개
출출한 밤을 달랠 수 있지만
그는 가방을 뒤지며 말한다

우유는 가져간다

그건 엄마가 먹을 서울우유
내일 십 원을 줄 테니 돌려주세요
말하려는 순간 나는 커버리고

열 대 얻어맞은 얼굴로 삭아서
삼십 년이 지난 골목에 서 있다

어디선가 우윳빛의 뽀얀 아이들
이 골목으로 걸어오는데

삥 좀 뜯을까 생각했지만
나는 그들이 지나가도록 한 발 물러서서
안녕, 좋은 아저씨야 하는 표정으로

주머니 속의 백 원짜리 동전을
죄진 사람마냥 만지작거렸다

햇빛

바다에
빠지는 꿈

바다에
빠지는 꿈

다음 날
그다음 날도

바다에 빠져서 허우적거리는
파도 같은 꿈

꿈이 물속으로 나를 떠밀어
수심이 깊어질 때면

쌍무지개 휘어지도록

붙잡아주는 이가 있었다

PIN·
049

별명

민 구
에세이

별 명

9

　나는 내 이름이 싫었다. 특별한 사연이 있는 건
아니고 별명이 많아서였다. 영구처럼 나사 하나가
빠지거나 모자라 보이는 것도 있고 똥구처럼 더러
워 보이는 것도 있었는데 그중 가장 듣기 싫은 건
방구였다. 친구들이 어디서 이상한 냄새가 나는데
방구 좀 그만 뀌라고 말할 때면 나는 방귀가 표준어
라고 지적하곤 했다. 걷다가 무심결에 방귀가 나와

서 눈시울이 붉어진 적도 한 번 있었다. 그만큼 내성적이고 싫은 걸 싫다고 말하지 못하는 성격이었다. 화가 나도 사람들을 이해하거나 외면하는 방식을 택했기에 문제가 발생하진 않았지만 딱히 사교적이진 않았다. 별명 아닌 이름을 불러주는 친구가 있다가도 나중에는 나를 방구라고 불렀다. 수업 중에 선생님의 부탁으로 교단을 밀다가 바지가 터진 사건 때문이다. 나는 지금도 바지가 그렇게 뻥뻥거릴 수 있다는 게 믿기지 않는다.

8

문씨였다면 문방구였을까? 친구들은 나의 별명을 좋아했다. 그건 선생님들도 마찬가지였다. 방구, 나와서 문제 풀어봐. 방구, 나와서 슈팅 시범 한번 보여줘. 별명으로 불리는 건 기분이 나빴다. 나만 그런 건 아니었을 것이다. 한 친구의 별명은 똥이었다. 겨드랑이에서 고약한 냄새가 났기 때문이다. 나는 똥이 전교에서 제일 좋았다. 농구를 정말 잘했으

니까. 틈만 나면 농구를 하던 어느 날, 똥과 내가 가위바위보로 팀을 짰다. 이기면 공부가 잘되고 밥도 맛있고 세계를 제패한 것 같고 지면 종일 수치스러웠다. 그렇기에 우리는 반칙을 불사했다. 방구, 너 같은 건 농구 하지 마라. 그래? 네 겨드랑이에서 똥내가 나니까 수비를 못 하겠다. 이런 식이었다. 나는 똥을 이기려고 농구 교본을 읽고 농구대잔치도 봤지만 근소한 차이로 지곤 했다. 농구는 키로 하는 게 아니라니까? 똥은 새 학년으로 올라가도 변함없이 나를 도발하고, 나는 새로운 별명을 또 얻었다. 망할, 봉숭아학당!

7

맹구는 한국 코미디계를 대표하는 캐릭터이자 짱구도 못 말리는 바보였다. 그는 같은 반 학생인 순심이의 이야기를 듣고 선생님께 뒤죽박죽으로 전했다. 이를테면 이런 식이다. 순심이 왈 "얘들아, 들어봐. 건넛마을에 어떤 팔십 먹은 할아버지가 있었는데 옆집에 있는 할머니한테 새장가를 들고 싶은 거야. 그걸 자식들한테 부끄러워서 말을 못 하고 있던 어느 날, 아들한테, 애야, 요즘에 등이 가려워서 혼자 못 자겠구나, 했더니 아들이 글쎄, 등긁개를 사다 주더래." 그러면 맹구는 "선생님, 제가 선생님을 도가니탕에 빠뜨릴 테니 한번 들어보세요. 이웃 마을에 글쎄, 팔십 먹은 할아버지가 등긁개한테 장가를 가고 싶더래요. 그래서 아들아, 요즘 가려워서 잠을 못 자겠다, 하고 말했더니, 글쎄, 아들이 할머니를 사다 줬대요." 봉숭아학당의 맹구는 댕기 머리를 한 바보이자 재미있는 이야기꾼이었다. 그래도 나는 맹구보다 오 서방이 좋았다. 맹구 짝꿍인 오 서방은 이른 장가를 가서 아이를 여럿 키우는 만학도인데 감정이 풍부하고 정이 많다. 맹구가 학당을 도가니탕에 빠뜨리면 오 서방은 훌쩍거리면서 말했다. "선생님, 도가니탕이 너무 불쌍해요. 등긁개가 불쌍해요." 오 서방은 이야기꾼보단 시인에 가까웠다. 해탈은 헤비메탈의 약자라며 라임을 탔으니까. 어쨌든 나와 같은 반에도 오 서방이 있었다. 별명이

란 게 으레 그렇듯 성이 오씨였기 때문이다.

6

오랫동안 맹구로 살았다. 수업 시간에 선생님은
옛날얘기를 하거나 학생에게 장기자랑을 시켰는데,
나는 그때마다 맹구 성대모사를 했다. 처음에는 쑥
스러웠지만, 이윽고 "배트맨!"이라고 외치며 양손
으로 가면을 흉내 낼 지경에 이르렀다. 친구들의 호
응은 말해 뭐 해. 끝내줬다. 나도 누군가를 웃길 수
있었다. 너 장난 아니다! 짝이 칭찬했을 땐 속이 뻥
뚫리는 것 같았다. 내가 웃음거리가 됐다기보단 누
군가에게 웃음을 선사할 수 있다는 기쁨이 컸다. 말
로 웃기는 사람이 있고, 얼굴로 웃기는 사람이 있
고, 숨만 쉬어도 웃기는 사람이 있다. 나는 웃음을
만들어야 했다. 만드는 일에서 보람을 느꼈다.

5

나는 시를 쓴다. 조심스레 고백하건대 시를 그럴 듯하게 만든다. 의자에 앉았다가 침대에 눕는 게 일상이고, 시가 되지 못한 부속들을 그저 주워 담는 게 내 한계임을 알고 있다. 흔히 한계를 정하지 말라고 하지만 나는 이 벽에 기대서 오랫동안 따뜻했다. 그러므로 쓰기보다는 만들기를 더 좋아한다. 빵 만들기, 크리스마스 리스 만들기, 소스가 흘러넘칠 것 같은 크림 파스타 만들기, 친구가 좋아할 표현 만들기, 감동에 빠뜨릴 도가니탕 만들기. 다수가 알아주는 시인보단 한 사람과 오래도록 꿈꾸고 싶다. 그 사람이 원하는 온도를 유지하겠다. 그리고 그 누구보다 나에게 시인으로서 인정받고 싶다. 그럴 수 있도록 몸과 마음을 부지런히 만들겠다. 내가 좋아하는 시인들은 어떨까. 실례를 무릅쓰고 묻고 싶은데 자신이 없다. 그렇다면 맹구는 뭐라고 답할까. 맹구야, 너는 꿈이 뭐야? 아마 배트맨이라고 대답하겠지. 배트맨이 너무 불쌍해. 오 서방이 덧붙이겠지.

4

어릴 땐 내 이름이 독특한 줄 몰랐다. 여느 친구처럼 평범하게 여겼다. 그러다가 초등학교 5학년 때 황당한 일을 두 번 겪고 나서 뭔가 다르다는 걸 깨달았다. 학원에 등록한 날, 원장 선생님이 이름을 묻길래 '민구'라고 답했다. 이어서 성을 묻길래 '민'이라고 했다. 선생님이 나를 교실로 데려가더니 아이들에게 소개했다. 오늘 새로 온 민민구 학생을 환영해주세요! 농담인 줄 알았는데 선생님은 진지했다. 수업료 봉투에도 '민민구'라고 적혀 있었다. 나는 정정하고 싶었다. 저는 민민구가 아니에요. 수백 번 고민하다가 학원을 그만두었다. 그 후 인천시 주관인 세금 글짓기 대회에서 입상했다. 송림초등학교 5학년 박민구. 축하합니다. 서장님이 인사했다. 어? 저희 아이 이름은 박민구가 아닌데요. 엄마가 바로잡았다. 다행히 상장에는 민구라고 새겨져 있었다. 성이 없잖아요. 서장님이 덧붙였다. 하필 왜 박씨였을까. 박씨를 물고 오는 제비보다 황당했다.

상품으로 국어사전을 받았다. 국립국어원 표준국어대사전 홈페이지에서 '민구'를 검색하면 다음과 같다. "예로부터 민중이 일상생활에서 써 온 도구나 기구." 박민구를 검색하면 이렇다. "찾으시는 단어가 없나요? 우리말샘에서 다시 한번 검색해보세요."

3

이민구, 박민구, 최민구, 독고민구……. 나는 지금껏 수많은 민구를 만났다. 그중에는 김민구도 있다. 고등학교 입학식 후 담임이 봉투를 주며 호명했다. 민구! 그러자 동시에 일어난 김민구가 나를 쳐다봤다. 김민구와 나는 졸업할 때까지 대화를 하지 않았다. 김민구에게는 김이라는 성이 있다. 내게도 민이라는 성이 있다. 그런데도 나는 백구에게 없는 검은 마음처럼 늘 하나가 비어 있는 듯했다. 민과 구 사이에 하나를 넣어야 한다면 어떤 글자가 좋을까. 민대구는 아니겠지. 개명을 해달라고 할 때마다 어머니는 그것이 좋은 이름이라고 타일렀다. 네 이름을 한 번 들으면 다 기억할걸? 나는 묻지 않았다. 동생 이름은 왜 팔이 아니고 십이 아니고 경미인가요? 어머니는 어떤 마음이었을까. 부끄러워 말고 번듯하게 살길 바랐겠지. 아마도 나는 작명을 해도 좋을 것 같다. 내 아이의 이름을 지을 날이 올까.

2

아빠는 나를 '아들'이라고 부르고 엄마는 주로 '구야'라고 부른다. 구야, 고춧가루통 좀 가져와. 구야, 그만이라고 할 때까지 부어. 그리고 내 동생은 가끔 나를 '밍크'라고 부른다. 내가 경미를 '꼼미'라고 칭하는 마음과 같을 것이다. 족제빗과인 밍크는 경계심이 강하고 귀엽다. 경계심과 귀여움으로 뒤지지 않는 우리 집 반려견 뭉치. 뭉치는 둥이가 될 뻔했다. 사고뭉치가 될 수도 있다며 엄마가 반대했기 때문이다. 나는 회유했다. 엄마, 귀염둥이가 아니라 바람둥이가 될 수도 있잖아요.

1

별명이 없다. 이별 인사 없이 떠나버렸다. 이젠 이름으로 불린다. 이름으로 불리는 게 마냥 좋지만은 않다. 이름으로만 불린다는 건 그에 걸맞은 관계를 설정한다는 의미이다. 즉, 일하자는 거다. 돈을 벌어야 시를 쓰니까 어쩔 수 없다. 그래도 좋아하는 일에 치중하면서 살고 싶다. 별명을 불러도 좋은 친구가 그립다. 나를 뭐라고 불러도 좋은 사람들. 나는 친구가 될 준비가 됐다.

0

사랑한다면 벼멸구라도 상관없다.

세모 네모 청설모

지은이 민 구
펴낸이 김영정

초판 1쇄 펴낸날 2023년 11월 25일
초판 2쇄 펴낸날 2024년 8월 31일

펴낸곳 (주)현대문학
등록번호 제1-452호
주소 06532 서울시 서초구 신반포로 321(잠원동, 미래엔)
전화 02-2017-0280
팩스 02-516-5433
홈페이지 www.hdmh.co.kr

© 2023, 민 구

ISBN 979-11-6790-229-0 (04810)
ISBN 979-11-6790-228-3 (세트)

* 책값은 뒤표지에 있습니다.